ANDREAS

Rork
passages

EDITIONS DU LOMBARD
BRUXELLES   PARIS

COLLECTION «HISTOIRES ET LÉGENDES»
dirigée par Michel de Grand Ry

À EDDY PAAPE

La saga de Rork, qui compte 92 planches, est rassemblée en deux volumes, sous-titrés Fragments et Passages, *dans la collection "Histoires et légendes."*

Copyright 1984 by Editions du Lombard, Bruxelles
Tous droits de reproduction, de traduction
et d'adaptation réservés pour tous pays,
y compris l'U.R.S.S.
D 1984/0086/1770

Dépôt légal : Décembre 1984
ISBN 2-8036-0480-9

Imprimé en Belgique par Proost sprl.

BERNARD WRIGHT QUE RORK SAUVA D'ÊTRES ÉTRANGES...

...VENUS DU FOND DES OCÉANS.

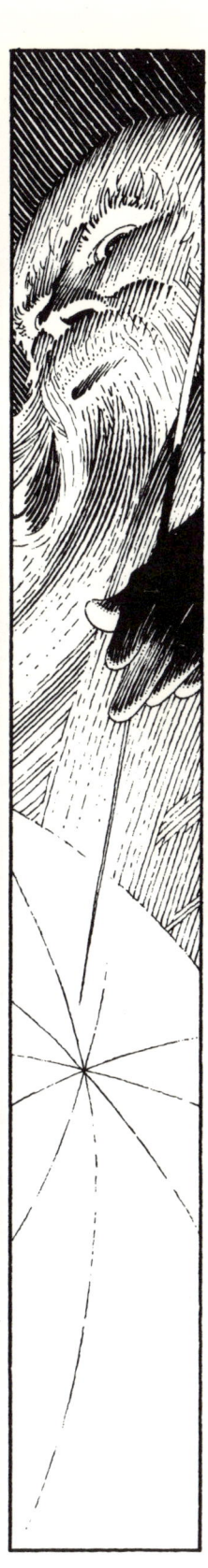

ADAM NEELS. IL DÉCOUVRIT UN "POINT FATAL" QUI EXISTE SUR N'IMPORTE QUELLE SPHÈRE ET QUI PERMET DE LA FAIRE ÉCLATER PRESQUE SANS EFFORT.

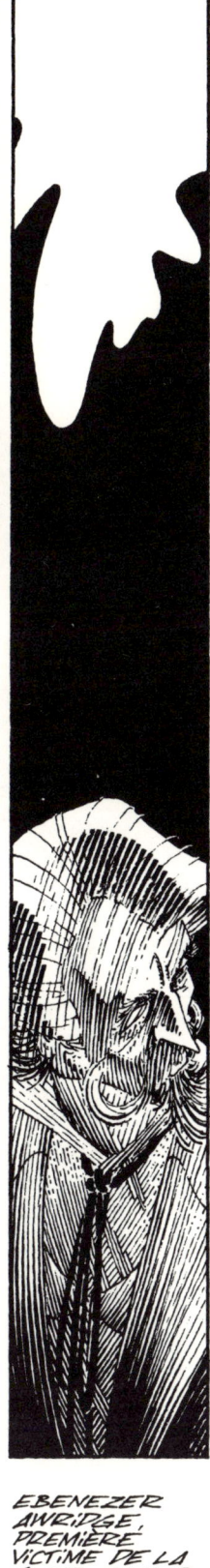

EBENEZER AWRIDGE, PREMIÈRE VICTIME DE LA TACHE, ENTITÉ EXTRATERRESTRE QUI FORCE SA PROIE À SE SOUMETTRE À SA VOLONTÉ.

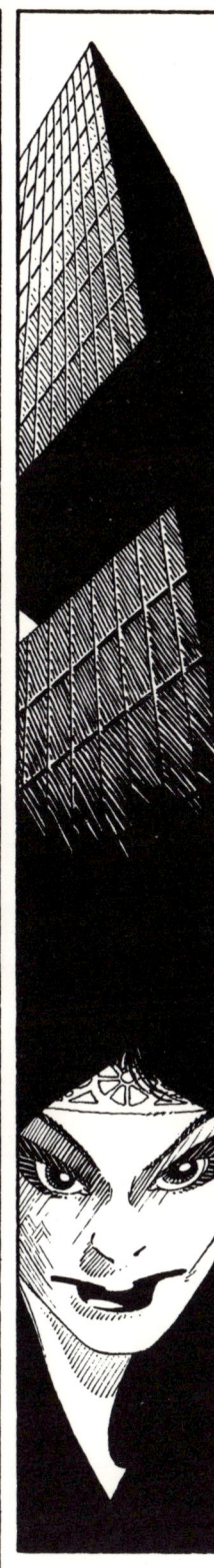

DEUXIÈME VICTIME DE LA TACHE: DELIAH DARKTHORN (ALIAS LOW VALLEY), FEMME AUX POUVOIRS BIZARRES. PAR LA SEULE FORCE DE SON ESPRIT, ELLE SOULEVA UN IMMEUBLE...

...ET UN TRAIN QUE, SOUS L'INFLUENCE DE LA TACHE, ELLE FIT S'ÉCRASER SUR RORK.

APPAREMMENT.

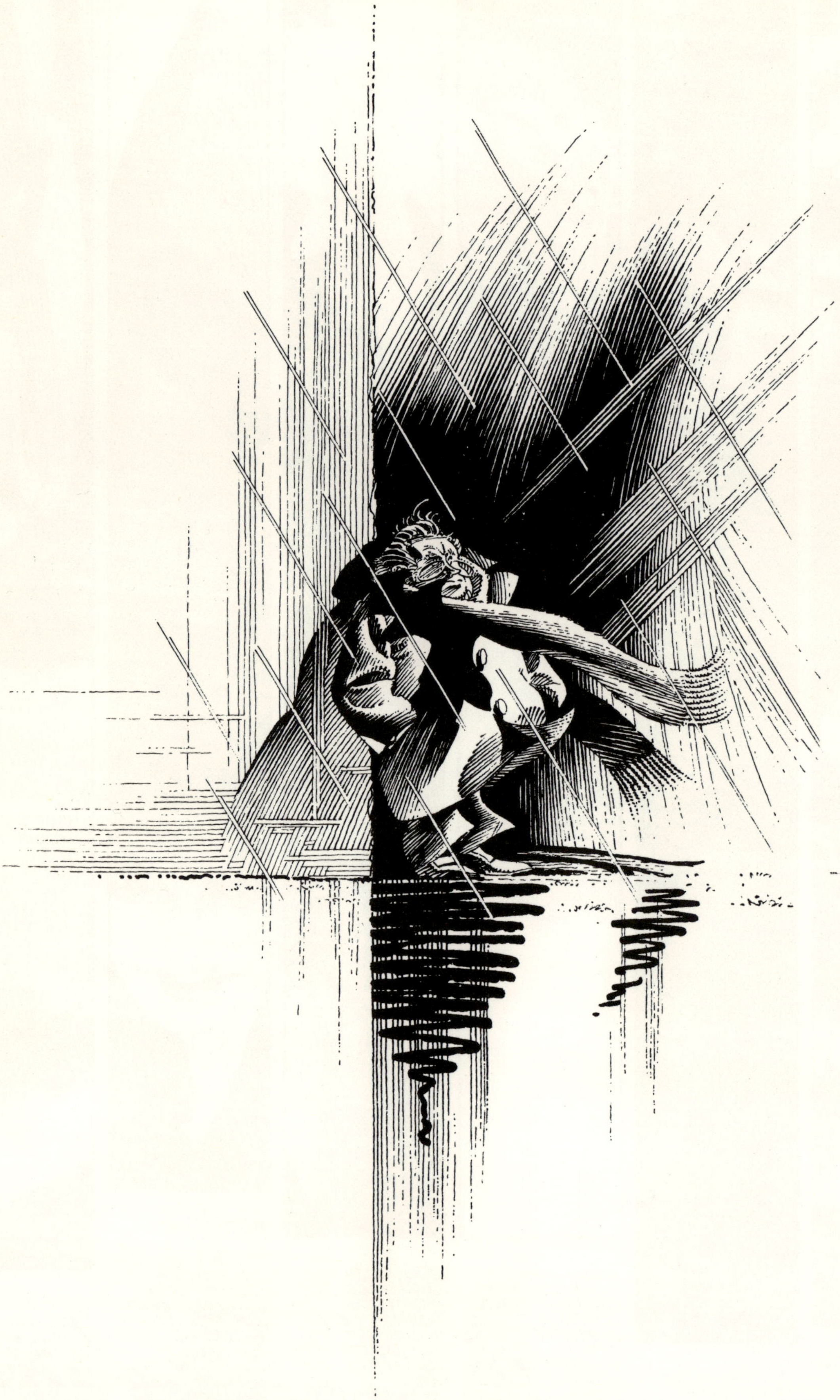

Rork

- LES FAITS SONT CONNUS: UN TRAIN, VOLÉ AU DÉPÔT, FONCE SUR QUELQUES TONNES DE DYNAMITE.
- ENTRE LES DEUX, CE BONHOMME BIZARRE...
- L'EXPLOSION RASE PLUSIEURS BÂTIMENTS ALENTOUR.
- ET COMME SI CELA NE SUFFIT PAS, D'APRÈS MON TÉMOIN, UN MORCEAU D'UNE MAISON RESTE INTACT.
- IL DESCEND TOUT DOUCEMENT JUSQU'AU SOL ET UNE FEMME ET UN HOMME EN SORTENT...
- ...PUIS ILS PARTENT EN COURANT!
- NON MAIS, SI L'ON CROYAIT TOUS LES TÉMOIGNAGES...!
- EN PLUS, LA POLICE S'ÉTONNE DE N'AVOIR PAS TROUVÉ LE CORPS DE LA VICTIME! HA!
- ÉVIDEMMENT, QUAND QUELQU'UN SE TROUVE AU CENTRE D'UNE TELLE EXPLOSION, IL N'EN RESTE RIEN! D'AILLEURS ON N'A PAS RETROUVÉ LE CONDUCTEUR DU TRAIN NON PLUS.
- BON. JE CROIS QU'IL EST TEMPS DE PRENDRE UNE PETITE INITIATIVE ILLÉGALE...

AH!
CE... CE N'EST PAS POSSIBLE !... DEVANT ET DERRIÈRE MOI, LA MÊME RUE
TOUT EN ENTRANT DANS LA MAISON, J'EN SORS ! POURTANT, JE DEVRAIS ME TROUVER À L'INTÉRIEUR !
...PAS LA PEINE D'INSISTER. TOUT ÇA, C'EST TROP FORT POUR MOI...
J'AURAIS DÉJÀ DÛ ME MÉFIER EN RECEVANT CETTE MISSION SANS CONNAÎTRE MON CLIENT.
VOILÀ. ASSEZ POUR AUJOURD'HUI ! JE RENTRE CHEZ MOI ... SINON, JE FINIRAI PAR CROIRE MON TÉMOIN CLOCHARD !
JE VAIS PASSER AU BUREAU POUR PRENDRE LE DOSSIER SUR LA VIE DE CE TYPE... COMMENT S'APPELLE-T-IL ?... ... RORK, C'EST ÇA... IL FAUT QUE JE LISE TOUT ÇA AU CALME, CHEZ MOI.
MAIS... ?! IL Y A DE LA LUMIÈRE DANS MON BUREAU !

PRUDENCE...
ON NE BOUGE PAS!
QUI ÊTES-VOUS?
DEVINEZ!
RORK
RORK! MAIS... VOUS ÊTES MORT!... ENFIN, JE VEUX DIRE, VOUS...
JE SAIS CE QUE VOUS VOULEZ DIRE, MAIS JE SUIS BIEN VIVANT!
...ET COMMENT SE FAIT-IL QUE... ENFIN... JE NE COMPRENDS PLUS RIEN!
D'ABORD, JE N'ARRIVE PAS À PÉNÉTRER DANS VOTRE MAISON...
MA MAISON?
OUI, BON... J'ADMETS AVOIR ESSAYÉ D'ENTRER CHEZ VOUS PAR EFFRACTION! JE NE SAIS PAS COMMENT VOUS VOUS Y ÊTES PRIS, MAIS JE ME SUIS RETROUVÉ AU-DEHORS!
VOUS EN ÊTES SÛR?
QUE...?

MAIS COMMENT AVEZ-VOUS... ?
DISONS QUE VOUS ET VOS CONTEMPORAINS ACCEPTEZ TROP VITE CE QUE VOUS VOYEZ.
UNE FOIS QU'ON SAIT CE QUE VOUS VOULEZ VOIR, ON VOUS FERAIT CROIRE N'IMPORTE QUOI ! MÉFIEZ-VOUS !
VOUS ÊTES EFFECTIVEMENT ENTRÉ CHEZ MOI, TOUT À L'HEURE. LE RETOUR AU BUREAU NE S'EST PASSÉ QUE DANS VOTRE TÊTE !
OUI, NON, BIEN SÛR... JE VOUS AVOUE QUE TOUT CECI ME TROUBLE PROFONDÉMENT.
JE SAIS QUE VOUS FAITES UNE ENQUÊTE. PUIS-JE SAVOIR QUI VOUS L'A DEMANDÉ ?
VOILÀ !
"... UNE ENQUÊTE SUR LA MORT ET LA VIE D'UN NOMMÉ RORK, VIVANT À ALIEN'S POINT ET DÉCÉDÉ DANS UN ACCIDENT À NEW YORK. IL VOUS SERA EXPÉDIÉ CINQ CENTS DOLLARS PAR SEMAINE ET JE VOUS CONTACTERAI EN TEMPS VOULU POUR LES RÉSULTATS."
PAS DE SIGNATURE NI D'ADRESSE... CURIEUX.
J'AIMERAIS SAVOIR... POURQUOI CE CAPUCHON ? JE VOUDRAIS VOIR VOTRE VISAGE.
NON !
BON. JE COMPRENDS. L'ACCIDENT A DÛ CAUSER DES DÉGÂTS. MAIS COMMENT EN AVEZ-VOUS RÉCHAPPÉ ? ET, QUESTION PLUS IMPORTANTE ENCORE : QUI ÊTES-VOUS, MR. RORK ?
DEUX QUESTIONS ÉTROITEMENT LIÉES ! JE VOUS PRÉVIENS, LA RÉPONSE SERA LONGUE !
À CINQ CENTS DOLLARS LA SEMAINE, J'AI TOUT MON TEMPS !
...ET LA NUIT FUT TRÈS, TRÈS LONGUE.
ANDREAS :.

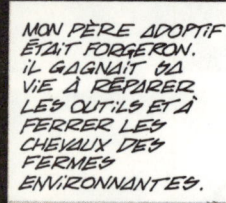

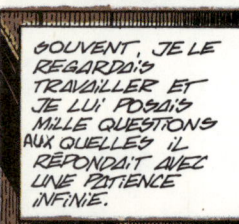

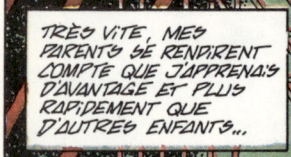

Tout ce que mes "parents" ont pu me dire au sujet de ma naissance, c'est "nous t'avons trouvé devant notre porte." Mes vrais parents, je ne les ai jamais connus.

Mon père adoptif était forgeron. Il gagnait sa vie à réparer les outils et à ferrer les chevaux des fermes environnantes.

Souvent, je le regardais travailler et je lui posais mille questions auxquelles il répondait avec une patience infinie.

Très vite, mes parents se rendirent compte que j'apprenais d'avantage et plus rapidement que d'autres enfants...

JE NE SAIS PLUS! DEMAIN IL AURA DIX ANS ET JE NE SAIS PLUS QUOI LUI APPRENDRE.
NOUS N'AVONS PLUS DE RÉPONSES À SES QUESTIONS. IL FAUDRAIT QUE QUELQU'UN D'AUTRE...
OUI, MAIS QUI? NOUS SOMMES LOIN DE TOUT, ICI...
QUI ES-TU?
JE M'APPELLE RORK. ET TOI?
ET LUI LÀ, TU CONNAIS?
POURQUOI ES-TU SI PETIT?
JE N'AI QUE DIX ANS.
ET QUE FAIS-TU ICI?
J'HABITE ICI. C'EST MA CHAMBRE...
ELLE EST À TOI?
ELLE T'APPARTIENT?
OUI, NON... ELLE APPARTIENT À MES PARENTS...
IL A DE LA FIÈVRE!

TES PARENTS ?
OUI... ENFIN, CE NE SONT PAS MES VRAIS PARENTS. JE...
IL DÉLIRE !
NE T'AFFOLE PAS, IL Y A AUTANT DE RÉPONSES QU'IL Y A DE QUESTIONS.
NON... IL Y A TOUJOURS UNE QUESTION DE PLUS !
TU APPRENDS VITE. VEUX-TU EN SAVOIR DAVANTAGE ? ET ENCORE DAVANTAGE ?
OUI !...
QU'EST-CE QU'IL Y A ?
REGARDE SES CHEVEUX !
ALORS, ATTENDS-MOI. JE SUIS TANÉMANAR. JE VIENDRAI TE CHERCHER. TU ME FAIS CONFIANCE ?
OUI, TU ES DANS MON RÊVE.
ON DIRAIT QU'IL SE RÉVEILLE !
JE VIENDRAI !...
RORK !

C'EST... C'EST DÉJÀ LE MATIN ?
"DÉJÀ" ?
TU NOUS AS FAIT PEUR ! TU AS DORMI PENDANT TROIS JOURS D'AFFILÉE !
OH ! MES CHEVEUX !
JE VAIS ALLER JOUER DEHORS...
FAIS ATTENTION, TU SORS D'UNE GRAVE MALADIE !
NON, MAMAN. JE N'ÉTAIS PAS MALADE ET JE VAIS TOUT À FAIT BIEN.
LAISSE-LE. IL SAIT CE QU'IL FAIT.
...ET IL A SA PERSONNALITÉ QUI N'APPARTIENT QU'À LUI
ÇA FAIT DES HEURES QU'IL EST PARTI. TU NE CROIS PAS QUE...
NON. LE VOILÀ.
NON !

14

RORK ! MAIS QUI EST-CE ?
JE DOIS PARTIR, J'IRAI AVEC TANÊMANAR, IL M'APPRENDRA BEAUCOUP DE CHOSES...
NON...
ATTENDS !... TANÊMANAR... C'EST À LUI QUE TU PARLAIS DANS TON RÊVE, N'EST-CE PAS ?
OUI.
ALORS, LAISSONS-LE PARTIR. RORK A FAIT UN BOUT DE CHEMIN AVEC NOUS, IL DOIT ALLER PLUS LOIN, MAINTENANT.
VIENS, RORK... JE TE DONNE TES AFFAIRES...
ENCORE UNE CHOSE... PARTEZ, VOUS AUSSI. JE SAIS QUE VOUS ÊTES EN DANGER.
QUITTER NOTRE MAISON ? MAIS POURQUOI ?
FAIS-MOI CONFIANCE, MAMAN.
NOUS PARTIRONS AUJOURD'HUI-MÊME... BONNE CHANCE, RORK...

...CE FUT LA DERNIÈRE FOIS QUE JE VIS MES PARENTS. C'ÉTAIT IL Y A TROIS SIÈCLES.

Pendant de longues années je restai chez Tanémanor. Le "Maître des Rêves" me fit connaître une quantité énorme de choses. Je l'observai dans ses recherches qu'il me commenta d'une manière simple — mais avec insistance — attendant de moi une concentration constante.

J'appris de mon mieux, sujet à une curiosité qui me poussa sans cesse à vouloir en savoir davantage et à écouter le professeur prodigieux.

Le maître m'initia à des mystères innombrables, sortis de ces livres que je n'aurai jamais vus que chez lui. Il semblait cependant cacher quelque chose, une sorte de "grand secret" et chaque fois que je lui en parlais il se réfugia dans des propos évasifs jusqu'au jour où...

Envoyé par le "capitaine" (je ne sus jamais son nom), le message arriva tôt le matin. La missive causa chez le maître une vive émotion et on se prépara en toute hâte à rejoindre ce marin énigmatique...

QUI EST CE "CAPITAINE", MAÎTRE?
C'EST UN GARDIEN, UNE SENTINELLE, SI TU VEUX. SON DOMAINE EST UN RIVAGE OÙ VIENNENT S'ÉCHOUER NAVIRES ET BATEAUX, POUR Y MOURIR EN QUELQUE SORTE.
MAIS LE CAPITAINE POSSÈDE AUSSI LE SECRET DE LA CLÉ. SOUVIENS-TOI, RORK, J'Y AI SOUVENT FAIT ALLUSION, SANS JAMAIS EN PARLER VRAIMENT.
AUJOURD'HUI, TU APPRENDRAS QUELQUE CHOSE QUE PEU DE GENS AVANT TOI ONT APPRIS. MOI-MÊME, J'AURAIS AIMÉ CONNAÎTRE LE SECRET, MAIS JE SUIS TROP ÂGÉ. CAR IL FAUT CERTAINES CAPACITÉS PHYSIQUES POUR SURVIVRE À L'INITIATION... OUI, RORK, SURVIVRE! JE NE TE CACHE PAS QU'IL Y AURA DU DANGER. SI TU HÉSITES À L'AFFRONTER, TU PEUX ENCORE FAIRE DEMI-TOUR...
NON... NON. JE NE PUIS PLUS REVENIR EN ARRIÈRE.
... EN FAIT, PENDANT DES ANNÉES IL M'A TENU AU BORD DE CE SECRET PAR DES SOUS-ENTENDUS QUI ONT ÉVEILLÉ MA CURIOSITÉ... IL M'A CONDITIONNÉ POUR CE JOUR!
BON. ALORS, REGARDE!

- BIENVENUE, TONEMANAR!... BIENVENUE À TOI, ET À TON ÉLÈVE!
- IL NE SERA PLUS MON ÉLÈVE POUR LONGTEMPS. RORK APPREND VITE. BEAUCOUP TROP VITE POUR MOI. PEUT-ÊTRE LA DÉCOUVERTE DU SECRET LE RALENTIRA-T-IL...
- RORK... QUEL NOM ÉTRANGE! ES-TU CONSCIENT QUE LES CONNAISSANCES QUE TU VEUX ACQUÉRIR PÈSERONT SUR TOI, TELLE UNE MENACE PERMANENTE?
- JE SUIS PRÊT À PRENDRE LE RISQUE!
- ALORS SUIS-MOI!

NOUS DESCENDONS ICI...
NE SOIS PAS SURPRIS PAR CE QUE TU VERRAS. ON TRAVERSERA DES ESPACES... DISONS... ¡NATTENDUS!
NOUS MARCHERONS UN CERTAIN TEMPS AVANT D'ATTEINDRE LE PASSEUR.
OUI. ON NE PEUT APPRENDRE LE SECRET QU'À LA MORT D'UN PASSEUR.
LE PASSEUR?
ET UN PASSEUR NE MEURT QU'APRÈS AVOIR DONNÉ NAISSANCE À SON SUCCESSEUR...
...CE QUI N'ARRIVE QUE TOUS LES DIX SIÈCLES!
AH, OUI! ENCORE UNE CHOSE: UN PASSEUR, C'EST GRAND. TRÈS GRAND!
VIENS ET REGARDE!

- JE T'AVAIS PRÉVENU! ET IL FAUDRA DESCENDRE SUR SON DOS!
- SUR...!?
- TU SAVAIS QU'IL Y AURAIT DU DANGER! VIENS! ON SAUTE!
- ÇA Y EST! IL BOUGE! CRAMPONNE-TOI!
- IL SE REDRESSE!
- IL VA NOUS ÉCRASER CONTRE LA VOÛTE!

- PASSÉS!
- MAIS... OÙ SOMMES-NOUS?
- ...ET LE SECRET? OÙ EST-IL?
- LE SECRET? IL EST EN TOI, MAINTENANT. VIENS VOIR!
- TOUS LES MILLE ANS, UN PASSEUR VIENT S'ÉCHOUER ICI. NOUS SOMMES LOIN DES BATEAUX MORTS ET NOUS EN SOMMES TOUT PROCHES EN MÊME TEMPS!
- LE PREMIER PASSAGE NE PEUT SE FAIRE QU'À L'AIDE D'UN PASSEUR. LE DEUXIÈME, TU VAS LE TENTER TOUT SEUL!
- ASSIEDS-TOI LÀ ET CONCENTRE-TOI... TU VEUX RETOURNER AUPRÈS DE TANÊMANOR... RETOURNER...

TU ES REVENU ! TU AS RÉUSSI !
EXTRAORDINAIRE ! UN PASSAGE ENTRE DEUX MONDES !
DEUX ? BIEN PLUS QUE ÇA ! CE QUE TU VIENS D'APPRENDRE TE PERMET DE PASSER DANS UN NOMBRE INFINI DE MONDES !
C'EST... C'EST MERVEILLEUX ! JE ME PROMENERAI À TRAVERS DES ESPACES SANS FIN, JE VERRAI DES...
NON !
NON, RORK. TON POUVOIR EST LIMITÉ ! TU POURRAS L'UTILISER UNE FOIS ENCORE ET PAS PLUS. CAR LE SECRET EST GARDÉ PAR...
LE CAPITAINE ?
NON. PAR UN HOMME BIEN PLUS DANGEREUX. IL S'APPELLE PHARASS. IL PEUT TE FAIRE OUBLIER LE SECRET, ET UNE FOIS PERDU, TU NE LE RETROUVERAS PLUS !
CHOISIS BIEN LE MOMENT DU PROCHAIN PASSAGE, CAR UNE FOIS REVENU DANS NOTRE RÉALITÉ, PHARASS TE TROUVERA, SOIS-EN SÛR !
VIENS, RORK. NOUS ALLONS PARLER DE TOUT CELA. BIENTÔT, TU QUITTERAS MA MAISON, ET JE VOUDRAIS QUE TU SOIS PRÉPARÉ !
...ET LE CAPITAINE ?
LE CAPITAINE ? EH BIEN, IL GARDE LE CIMETIÈRE DES GÉANTS. COMME TOUJOURS.

BEAUCOUP DE TEMPS S'EST ÉCOULÉ AVANT QUE JE N'AIE EU BESOIN DU POUVOIR APPRIS CHEZ LE MAITRE DES RÊVES ET LE CAPITAINE. CELA S'EST PASSÉ, IL Y A QUELQUES MOIS, SEULEMENT...
PAR UNE LETTRE, LE JEUNE ÉCRIVAIN BERNARD WRIGHT (NOS CHEMINS S'ÉTAIENT DÉJÀ CROISÉS, JADIS) M'AVAIT APPELÉ À SON AIDE. COMME À NOTRE PREMIÈRE RENCONTRE, UNE ÉNIGME DONT IL NE PRÉCISAIT PAS LA NATURE SEMBLAIT PLANER SUR SA NOUVELLE MAISON.
J'AVAIS DÉCIDÉ DE LE REJOINDRE QUELQUES SEMAINES PLUS TARD, QUAND UN ARTICLE DANS LE JOURNAL PRÉCIPITA MON DÉPART.
LA POLICE RECHERCHAIT VIVEMENT L'ÉCRIVAIN. DANS SA MAISON, ON AVAIT DÉCOUVERT LE CADAVRE D'UN VIEIL HOMME QUE L'ON N'ARRIVAIT PAS À IDENTIFIER.
À MON ARRIVÉE, JE TROUVAI TOUTES LES PORTES VERROUILLÉES, MAIS EN PASSANT PAR LA PARTIE EN RUINE L'ACCÈS DU VIEUX BÂTIMENT FUT ASSEZ FACILE.
ET JUSTEMENT, EN PASSANT DANS LES DÉCOMBRES, JE REMARQUAI UNE ÉTRANGE POUSSIÈRE GRISE QUI COUVRAIT TOUT.
ÉTRANGE, PARCE QU'ELLE NE RÉAGISSAIT PAS COMME UNE POUSSIÈRE ORDINAIRE. QUAND JE SOUFFLAI DESSUS ELLE NE S'ENVOLA PAS EN NUAGE, MAIS SE DÉPLAÇA LÉGÈREMENT, COMME DE LA BOUE.
MAIS, UNE FOIS À L'INTÉRIEUR DE LA MAISON, JE N'Y PENSAI PLUS. J'ENTRAI D'ABORD DANS LE BUREAU DE WRIGHT, OÙ, D'APRÈS LE JOURNAL, ON AVAIT TROUVÉ LE MORT.
APRÈS AVOIR ENLEVÉ LE CADAVRE, LA POLICE N'AVAIT APPAREMMENT PLUS TOUCHÉ À RIEN. LA TABLE ÉTAIT COUVERTE DE PAPIERS DIVERS ET IL RESTAIT MÊME UNE FEUILLE DANS LA MACHINE À ÉCRIRE...
UN COUP D'OEIL SUR CETTE PAGE ME RÉVÉLA L'IMPORTANCE DES DOCUMENTS ÉPARPILLÉS SUR LE BUREAU, ET, APRÈS QUELQUES MINUTES DE MISE EN ORDRE, J'EN COMMENÇAI LA LECTURE...

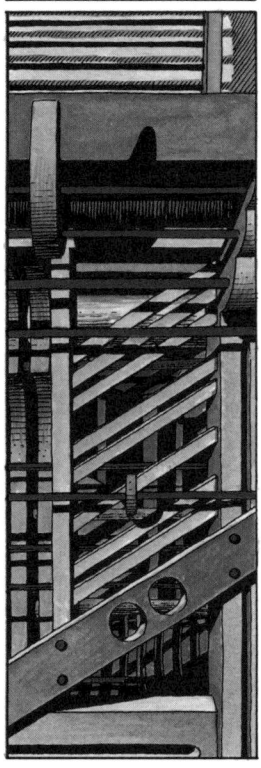

| Je ne peux plus sortir de la maison! Me résignant à mon sort, j'écris ceci afin de mettre les choses en place dans mon esprit. C'est aussi un avertissement à ceux qui viendront après moi. | Quelle ironie! Dans mon désespoir je me souviens de l'enthousiasme fou qui m'amena ici... | Dès les premiers instants, je fus séduit par la vieille bâtisse. | La partie effondrée me rappela étrangement ma demeure précédente... | Je ne fis pas attention (comme je le regrette à présent!) à la poussière qui recouvrait les décombres. |

| Je m'installai et tout alla bien pendant quelque temps. | Je travaillais beaucoup. Les vieilles maisons ont toujours été une grande source d'inspiration pour moi. | La plupart du temps, j'écrivais à la main, comme à l'habitude, mais parfois je me servais de la vieille machine à écrire trouvée sur place. | Cette machine exerçait sur moi une vague et inexplicable attirance, et je finis par ne plus utiliser qu'elle. | D'ailleurs, je m'en sers même en cette heure tragique, car écrire à la main m'est devenu impossible... |

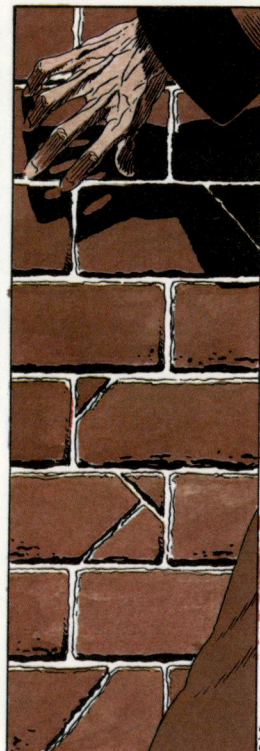

L'émerveillement des premières semaines ne dura pas.	Une lassitude que j'attribuai d'abord au surmenage, m'envahit doucement.	Aussi, quand, après quelques jours sans travail, mon état ne s'améliora pas, je consultai un médecin.	A ma grande surprise, celui-ci ne trouva rien mais affirma, qu'après quarante ans, on ne se sentait plus aussi jeune qu'à vingt-cinq.	Je n'osai lui dire que je n'avais que vingt-neuf ans et demi.
C'est au soir de ma visite chez le docteur, que je remarquai pour la première fois les qualités singulières de la poussière grise.	Ce n'était pas, comme j'avais cru, de la poussière provenant des décombres de la maison, mais une matière qui réagissait plutôt comme de la boue.	Elle ne salissait pas et dégageait une sensation agréable au toucher.	Sans savoir pourquoi, je liais mon état de faiblesse à cette poussière.	Les jours suivants -je travaillais de nouveau- un sentiment de panique prit lentement possession de tout mon être.

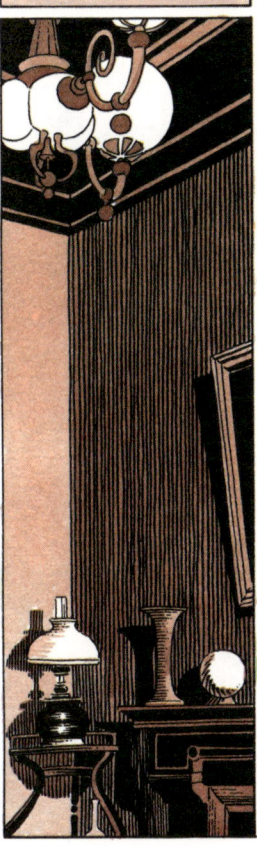

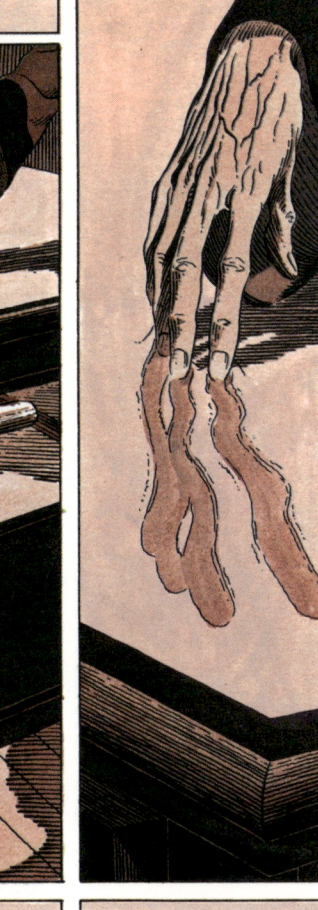

D'abord, je ne comprends pas pourquoi. Le fait d'avoir l'air plus vieux que mon âge m'inquiétait, mais il y avait autre chose...	...mon environnement...il changeait...	...non pas les formes mais...	Les couleurs !	

Pris de panique, je me précipitai...	Mais en vain ! La porte d'entrée était fermée...	Les volets aussi...	Hermétiquement !	Prisonnier !

| Après que mes tentatives violentes d'enfoncer la porte se révélèrent infructueuses, j'y renonçai et me mis à attendre. | Un silence presque absolu m'entourait... | ...interrompu seulement de temps à autre par un bruit étouffé. | Quelque chose semblait vouloir crever porte et fenêtres mais n'y arrivait pas. | La panique en moi avait fait place à l'indifférence. |

| Je ne sais combien de temps je restai ainsi, mais soudain je sentis en moi le besoin d'écrire, de communiquer à d'autres ce qui m'arrivait. | Je me trainai dans mon bureau. Je m'assis devant la machine à écrire et y glissai une feuille de papier. Et je commençai ce récit. | Voilà, c'est tout. Je suis très faible, je n'ose pas regarder mon visage dans la glace... | Et pourtant, je dois essayer encore de m'en sortir... | ...oui, il faut sortir de cette maison... |

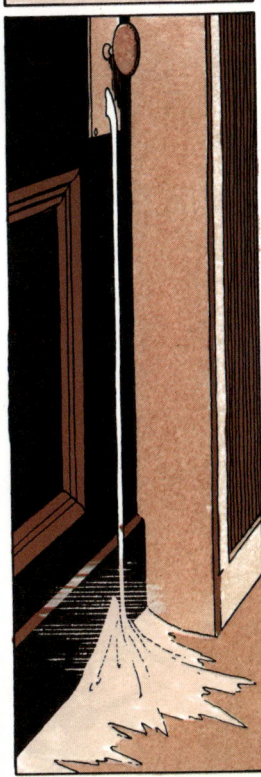

Je suis enfermé dans cette pièce ! Je n'en peux plus ...et la poussière ...!!

Elle s'infiltre sous la porte et par le trou de la serrure! Elle envahit tout !

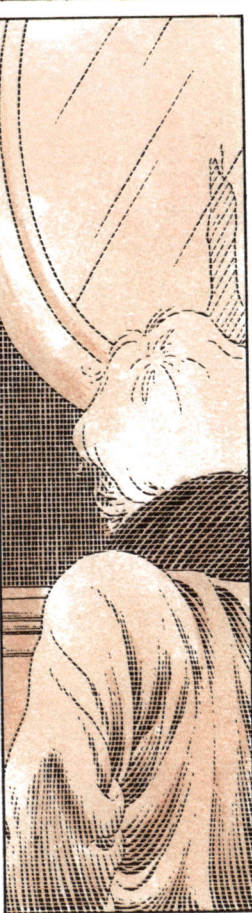

Je ne vois plus...

IL NE FUT PAS DIFFICILE DE DEVINER QUE LE VIEIL HOMME, DÉCOUVERT ICI PAR LA POLICE, ÉTAIT BERNARD WRIGHT LUI-MÊME, VIEILLI DE PLUSIEURS DIZAINES D'ANNÉES EN L'ESPACE DE QUELQUES SEMAINES, PAR UNE POUSSIÈRE ÉTRANGE. POUSSIÈRE QUI M'ATTENDAIT DEHORS...

PLONGÉ DANS LE RÉCIT DACTYLOGRAPHIÉ DE WRIGHT, J'AVAIS OUBLIÉ L'HEURE. IL FAISAIT NUIT, À PRÉSENT. MAIS MALGRÉ TOUT, JE VOULAIS PRENDRE UN ÉCHANTILLON DE CETTE POUSSIÈRE MEURTRIÈRE. UNE SEULE CHOSE ME RASSURAIT : JE NE PEUX PAS VIEILLIR ! MAIS...

31

La plupart du temps, j'écrivais à la main, comme à l'habitude, mais parfois je me servais de la vieille machine à écrire trouvée sur place.

Cette machine exerçait sur moi une vague et inexplicable attirance, et je finis par ne plus utiliser qu'elle.

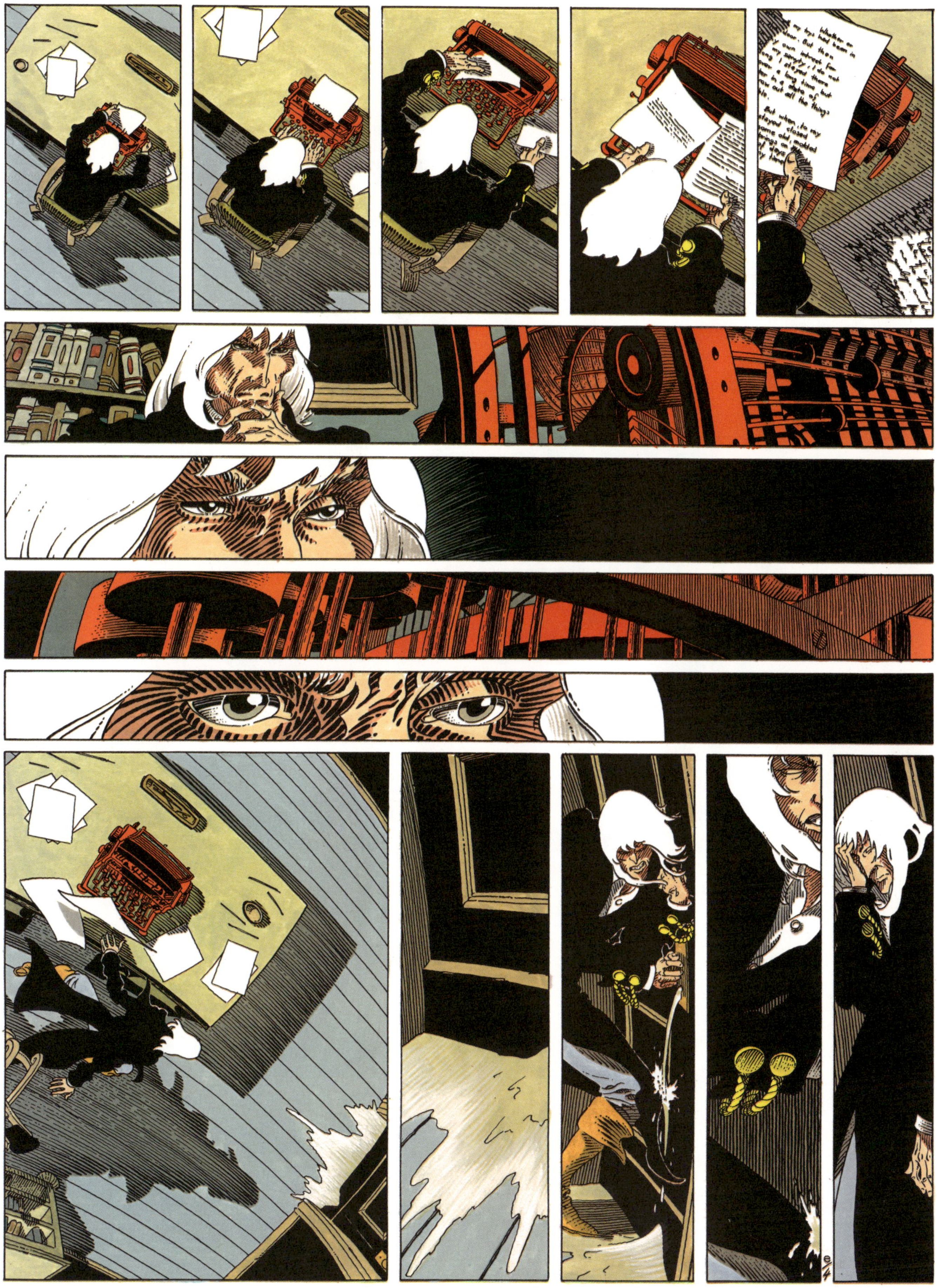

34

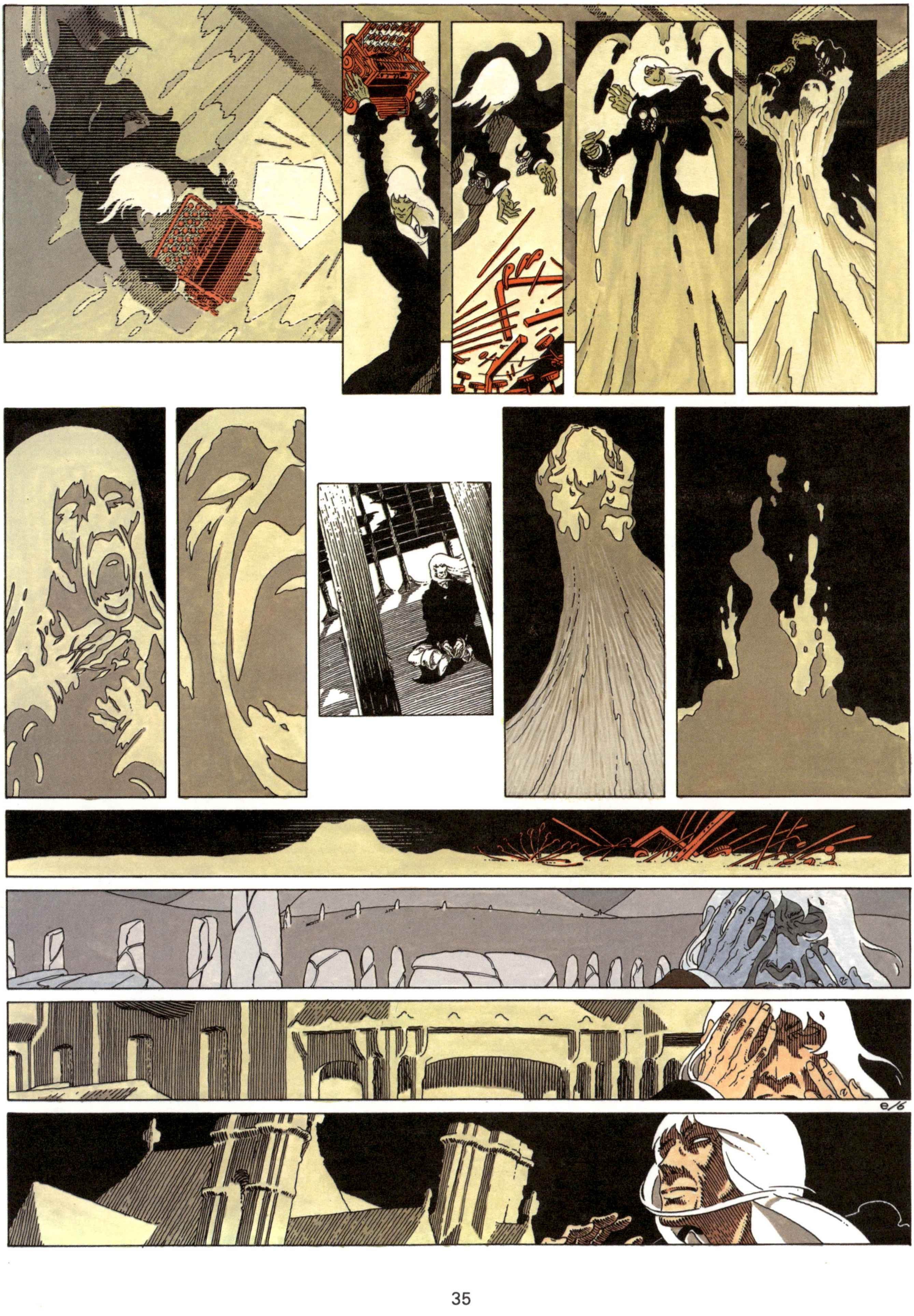

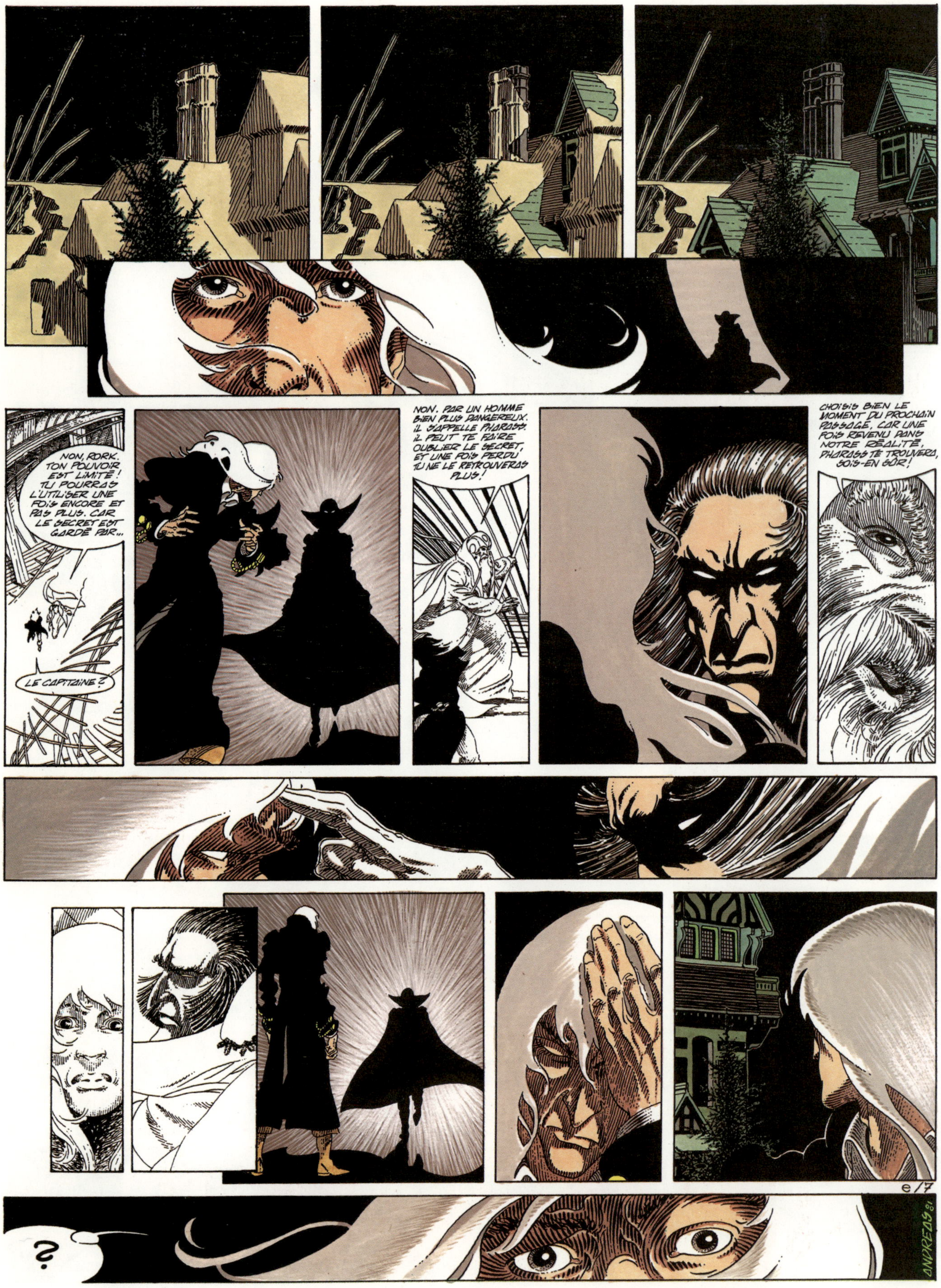

D'ACCORD, RORK. ALORS, RÉSUMONS: LA POUSSIÈRE ESSAYE DE VOUS ASPHYXIER, ET VOUS VOUS EN TIREZ EN CHANGEANT DE MONDE...
...COMME JE L'AI APPRIS CHEZ LE MAÎTRE DES RÊVES. C'EST BIEN CELA, MON CHER EVENT.
APRÈS, CE PHARASS SURGIT ET VOUS ENLÈVE LE SECRET. ET C'EST LÀ QUE SE POSE LE PROBLÈME POUR MOI !
OUI...?
SI J'AI BIEN COMPRIS, VOUS VOUS ÊTES SAUVÉ DE L'ACCIDENT DU TRAIN EN CHANGEANT DE MONDE ?
C'EST EXACT.
MAIS SI PHARASS VOUS A FAIT OUBLIER LE SECRET DU PASSAGE APRÈS L'HISTOIRE DE LA POUSSIÈRE, COMMENT AVEZ-VOUS PU VOUS SOUVENIR DUDIT SECRET ?

EH BIEN, C'EST SIMPLE, MON CHER EVENT. ÉCOUTEZ. LE MAÎTRE DES RÊVES M'AVAIT DÉCRIT CE PHARASS COMME UN PERSONNAGE EXTRÊMEMENT DANGEREUX.

IL L'EST, J'EN SUIS SÛR.

IL A SES YEUX PARTOUT, IL VOIT ET ENTEND BEAUCOUP DE CHOSES, ET SES POUVOIRS SONT INCONNUS!

MAIS CERTAINS DÉTAILS LUI ÉCHAPPENT!

CAR EN FAIT, IL NE PEUT FAIRE OUBLIER QUOI QUE CE SOIT! AINSI, IL A SIMPLEMENT FAIT RECULER LE SECRET JUSQU'AU FIN FOND DE MON CERVEAU...

VOILÀ. SEULEMENT, IL NE S'AGIT PAS D'UN ACCIDENT DU TOUT!

...D'OÙ LE CHOC ÉMOTIONEL AU MOMENT DE L'ACCIDENT L'A FAIT RESURGIR!

AH BON? MAIS QUI...?

DELIAH DARKTHORN ET EBENEZER AWRIDGE !

EBENEZER EST UN VIEIL AMI. C'EST LE DIRECTEUR DU MUSÉE D'ALIENS POINT.

DELIAH, JE L'AI CONNUE JADIS SOUS LE NOM DE LOW VALLEY.

ELLE A DES POUVOIRS ÉTRANGES QU'À L'ÉPOQUE, ELLE NE CONTRÔLAIT PAS TOUT À FAIT.

MAIS SI CET EBENEZER EST VOTRE AMI, COMME VOUS DITES, POURQUOI VOULOIR VOUS ASSASSINER ?

PARCE QU'UN ÊTRE BIZARRE LUI IMPOSE SA VOLONTÉ. AUTREFOIS, J'AI DÉLIVRÉ EBENEZER DE CETTE ENTITÉ, DONC ELLE M'EN VEUT À MORT.

MAINTENANT, C'EST DELIAH QUI EST SOUS L'EMPRISE DE L'ÊTRE ET MÊME EBENEZER SUBIT ENCORE SON INFLUENCE.

UN ÊTRE... QUEL GENRE D'ÊTRE ?

UNE TACHE !

39

MALGRÉ SON APPARENCE ANODINE, CETTE CHOSE VIT ET S'EMPARE DE LA PERSONNALITÉ DE SON PORTEUR.
MAIS, MÊME POUSSÉS PAR UNE VOLONTÉ EXTÉRIEURE, COMMENT ONT-ILS PU CAUSER UNE TELLE CATASTROPHE ?
DELIAH, JE L'AI DÉJÀ DIT, A DES POUVOIRS. ELLE SOULÈVE DES IMMEUBLES PAR LA SEULE FORCE DE SON ESPRIT. ALORS...
JE NE SAIS PAS EXACTEMENT D'OÙ LUI VIENT CETTE FORCE. AU DÉBUT, DELIAH ÉTAIT AMNÉSIQUE...
...ET PLUS TARD, ELLE ÉTAIT SOUS L'INFLUENCE DE LA TACHE.
EN FAIT, JE NE SAIS RIEN DE SA VRAIE PERSONNALITÉ ...!
HMM... ET OÙ SONT CES DEUX-LÀ À PRÉSENT ?
JE N'EN SAIS RIEN. MAIS SI LA TACHE APPREND QUE JE SUIS VIVANT, ELLE ESSAYERA DE ME RETROUVER...
C'EST PEUT-ÊTRE POUR EUX QUE JE DOIS VOUS CHERCHER ?
MAIS EN FAIT, VOUS, RORK !... QUELQUE CHOSE M'ÉCHAPPE DANS TOUT ÇA ! SI NI LE TRAIN, NI LA DYNAMITE NE VOUS ONT BLESSÉ, POURQUOI PORTER CETTE CAGOULE ?

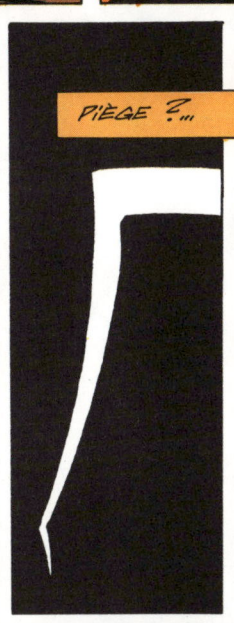

| PARCE QUE JE N'AVAIS PAS PENSÉ À UNE CHOSE: | SI QUELQU'UN M'A REPRIS LE SECRET DU PASSAGE-ENTRE-LES-MONDES, APRÈS USAGE, SI J'OSE DIRE, C'EST QU'IL Y AVAIT UNE RAISON À CELA! | BON, PHARASS EST MOINS FORT QUE JE NE LE CROYAIS, IL NE VOIT PAS TOUT. |

| MAIS MOI NON PLUS. AUJOURD'HUI, JE SUIS PRIS AU PIÈGE! | PIÈGE ?... | JE VOUS EXPLIQUERAI, EVENT... POUR L'INSTANT, J'AI L'IMPRESSION QUE, BIENTÔT, JE REVERRAI PHARASS... |

"...ET JE NE PEUX RIEN CONTRE LUI!"

"C'EST PEUT-ÊTRE LUI QUI ME PAYE CINQ CENTS DOLLARS LA SEMAINE POUR VOUS RETROUVER!"

"NON, JE NE CROIS PAS. IL A D'AUTRES MOYENS..."

"CE DOIT ÊTRE QUELQU'UN D'AUTRE..."

42

43

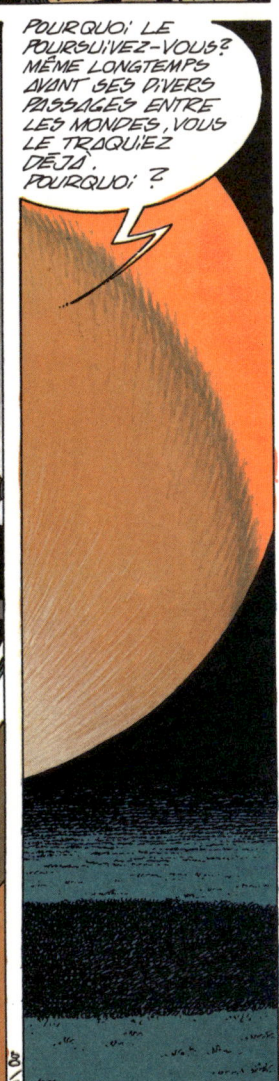

RORK EST UN DANGER POUR L'ÉQUILIBRE DE CE MONDE! IMAGINEZ SEULEMENT: UN HOMME, D'APPAREMMENT TRENTE ANS MAIS QUI EN A TROIS CENTS!
IL A DES POUVOIRS DONT MÊME MOI, JE NE CONNAIS QU'UNE PARTIE. EN PLUS, PAR UN JEU DE COÏNCIDENCES INOUÏES, IL APPREND LE SECRET DU PASSAGE!
LÀ, ENFIN, IL S'EST AVENTURÉ DANS MON DOMAINE À MOI, ET À PRÉSENT, JE LE TIENS! UN TEL ÊTRE N'A PAS SA PLACE DANS CE MONDE...
MAIS QUI VOUS DONNE LE DROIT DE DÉCIDER QUI A SA PLACE DANS CE MONDE?
C'EST BIEN PARCE QUE VOUS ÊTES UNE FEMME QUE JE VOUS PERMETS DE POSER UNE TELLE QUESTION... MON POUVOIR VIENT D'UNE PUISSANCE PLUS GRANDE QUE TOUT CE QUE VOS CERVEAUX LIMITÉS PEUVENT IMAGINER. EN DEHORS DE CETTE PUISSANCE, JE N'AI DE COMPTES À RENDRE À PERSONNE!

HA! FACILE! VOUS ÊTES ENCORE UN DE CES FOUS QUI CROIENT POUVOIR IMPOSER LEUR CONCEPTION DU BIEN ET DU MAL À UN MONDE DÉJÀ BOURRÉ DE CINGLÉS DE VOTRE ESPÈCE!...
...ET PUIS, LAISSEZ-MOI VOUS DIRE MA VERSION DES CHOSES!
PUISQUE VOUS AVEZ SUIVI RORK DEPUIS SON ENFANCE, VOUS N'ÊTES PAS VRAIMENT UN PETIT JEUNE, VOUS-MÊME!
DU CÔTÉ POUVOIRS BIZARRES, VOUS N'AVEZ PAS À VOUS PLAINDRE NON PLUS!
PERSONNE NE SEMBLE S'ÉTONNER DE VOTRE BOULE VOLANTE. EH BIEN, MOI, JE TROUVE QU'ELLE NE FAIT PAS VRAIMENT "CE MONDE"!
À MON AVIS, VOUS CONNAISSEZ LES ORIGINES DE RORK, VOUS VENEZ D'OÙ IL EST VENU ET POUR UNE RAISON OBSCURE, **VOUS AVEZ PEUR DE LUI!**
ASSEZ!
VOUS AVEZ DE LA CHANCE QUE JE SOIS DE BONNE HUMEUR, SINON LES HOMMES COMPTERAIENT UN DÉTECTIVE PRIVÉ DE MOINS PARMI EUX!
3/4
SI VOUS TENEZ TANT À VOTRE COPAIN RORK, EH BIEN, LE VOILÀ!

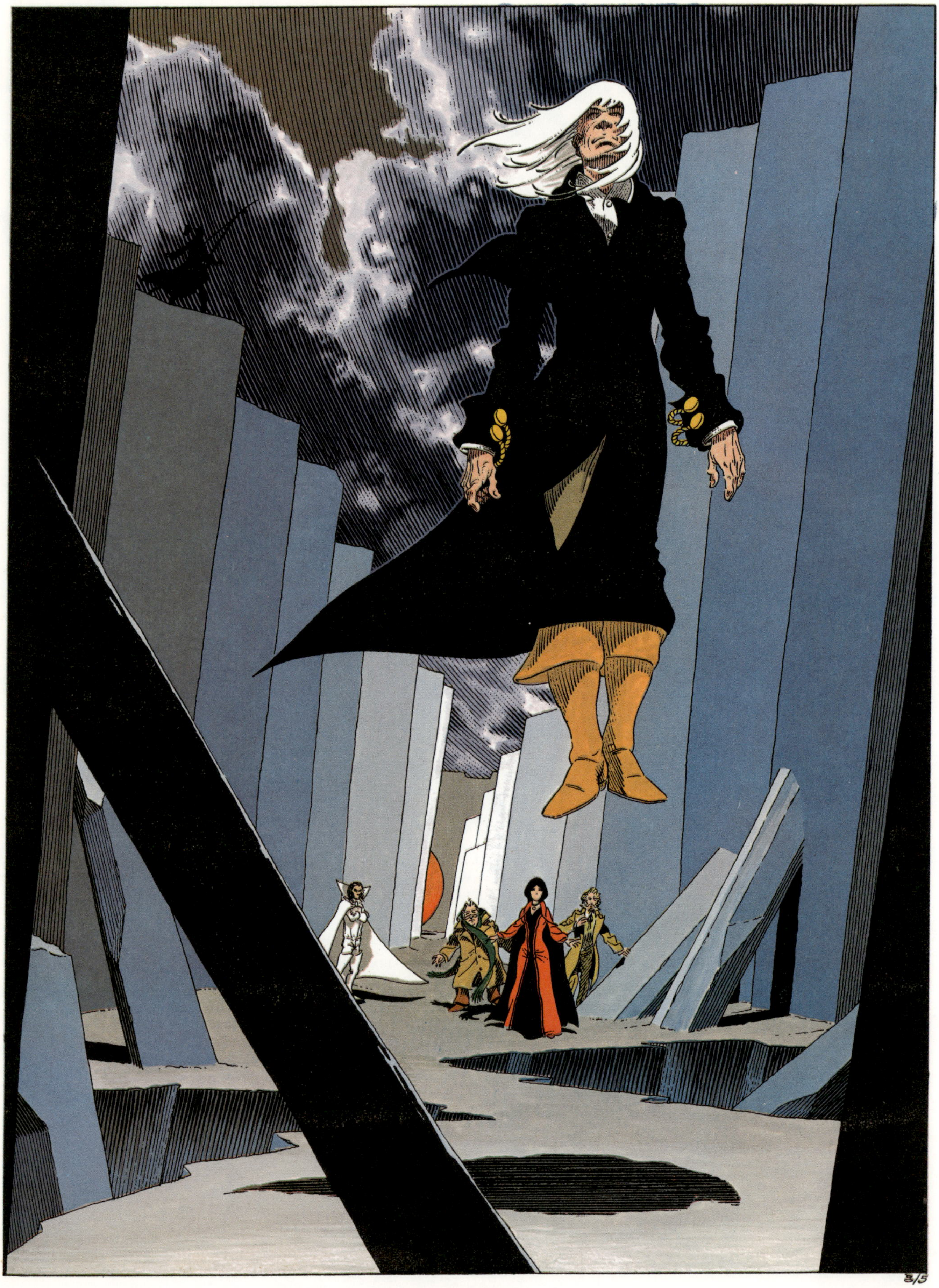

RORK!
QUE... QUE LUI ARRIVE-T-IL ?
IL EST SUSPENDU ENTRE LES MONDES PARALLÈLES ET LE VÔTRE. C'EST CE QUI ARRIVE, QUAND ON TENTE LE PASSAGE UNE FOIS DE TROP!
ÉTONNANT, QU'IL AIT SU ARRIVER JUSQU'ICI ...
SEULEMENT, IL NE PEUT PAS PÉNÉTRER PLUS LOIN DANS CETTE RÉALITÉ-CI, MAIS SI JAMAIS IL SE LAISSE RETOMBER EN ARRIÈRE...
...IL SOMBRERA DANS LA FOLIE PURE ET IRRÉPARABLE!
C'EST PEUT-ÊTRE CE QU'IL A DE MIEUX À FAIRE...
APRÈS TOUT, LA FOLIE, COMPARÉE À CECI, ME SEMBLE UN FARDEAU MOINS LOURD À PORTER.
LA FOLIE, ELLE AUSSI, EST UNE SORTE DE PASSAGE. JE NE SAIS PAS VERS QUOI, MAIS NE SOMMES-NOUS PAS TOUJOURS ATTIRÉS PAR L'INCONNU ?
POUR VOUS, PHARASS, JE NE SUIS PEUT-ÊTRE QU'UNE FEMME, MAIS MOI AUSSI, J'AI DES POUVOIRS...
9.5
0
C
1
3
C
A
A

MES ORIGINES SONT TOUT À FAIT ORDINAIRES, MAIS J'AI ACQUIS CERTAINES FACULTÉS DANS LE RAYONNEMENT MAGIQUE D'UN TEMPLE MYSTÉRIEUX.
SANS L'ÊTRE VRAIMENT, JE ME SENS UN PEU RESPONSABLE DU DILEMME DE RORK.
...ET PUIS, IL Y A PEUT-ÊTRE AUTRE CHOSE...
VOUS M'AVEZ SAUVÉE DE LA TACHE, POUR CELA, JE VOUS REMERCIE.
RORK!... LAISSEZ-VOUS ALLER!
LÂCHEZ CE MONDE, RORK! ALLEZ-Y!
MAIS... ELLE VA TOUT GÂCHER!
ELLE L'AURA VOULU!
NON!!

49

FINALEMENT, JE N'AI PAS EU BESOIN DE VOS SERVICES, MAIS GARDEZ LES CINQ CENTS DOLLARS QUAND MÊME !
AH, C'EST DONC VOUS QUI...
EN EFFET ! JE M'APPELLE ADAM NEELS. JE SUIS UN AMI DE RORK.
AU DÉBUT, JE NE VOULAIS QUE RETROUVER RORK, ET PUIS, EN SURVEILLANT DELIAH ET EBENEZER, JE SUIS TOMBÉ SUR CE BONHOMME ET SON ENGIN !
ET DANS CET ENGIN, JUSTEMENT, J'AI TROUVÉ LE MÉCANISME QUI, JADIS, A DÉTRUIT MON LABORATOIRE !
À L'ÉPOQUE, JE CROYAIS QU'ON EN VOULAIT À MES TRAVAUX, MAIS EN FAIT, IL S'AGISSAIT D'UN ATTENTAT CONTRE RORK !
C'EST ÇA ! ALLEZ-VOUS EN ! VOUS AVEZ PERDU !
VOUS N'AVEZ PU EMPÊCHER RORK DE VOUS ÉCHAPPER ! ET DELIAH DARKTHORN AVEC LUI !
HA, HA, HA ! PAUVRES FOUS !
RORK ET DELIAH ONT QUITTÉ CE MONDE ENSEMBLE, MAIS LE PASSAGE MENAIT VERS MILLE FOIS MILLE MONDES ! LEUR CHANCE D'ÊTRE PASSÉS DANS LE MÊME EST MOINS QUE MINIME !
HA, HA, HA !...
OUI, MAIS CHANCE IL Y A QUAND MÊME ! ...
FIN
ANDREAS 81

PRINTED IN BELGIUM BY
proost
INTERNATIONAL BOOK PRODUCTION